AF252667

21316

EPITRE

À MONSIEUR

GRESSET.

A LA HAYE,
Et se trouve à Paris,

Chez FOURNIER, Libraire, Quai
des Augustins.

M. DCC. LXII.

EPITRE

A M. GRESSET.

Eh quoi, charmant Gresset, tu dors,
Et tu t'efforces, sans remords,
De faire oublier ton génie !
Horace, au printems de sa vie,
Lassé de ses premiers efforts,
Par complaisance pour l'envie,
Interrompit-il ses accords ;
Et, d'avance au nombre des morts,
En sa ténébreuse manie,
Dans quelque hameau d'Italie,
Alla-t'il perdre les transports
De sa timide poésie ?

    Toi, dont la naissante splendeur
Eblouit ta Patrie entiere,
A ton lever dans la carriere
Où s'élançoit ta jeune ardeur,

Tu t'es couché dès ton aurore,
Et dans la nuit cachant tes feux,
Malgré nos cris, malgré nos vœux,
Ta longue éclipfe dure encore !
　Près de ton toît filencieux,
J'ai vu les graces & les jeux,
Avec fureur brifer ta lyre,
Et triftement entr'eux fe dire :
» Gresset eft' devenu Chartreux ».
　Sors de ta coupable indolence,
Et reviens parmi les vivans,
Les dédommager du filence
Où tu t'es plongé fi long-tems.
Des amours la troupe badine,
Qu'avoit attrifté ton fommeil,
Dans leur allégreffe enfantine,
Battront des mains à ton réveil.
　Celui que le deftin propice
D'un talent fublime a doté,
Doit au public le facrifice
Même de fon obfcurité :
Chargé d'honorables entraves,
Il eft le premier des efclaves
Confacrés à l'humanité :

C'eſt par la pénible excellence
De ſes Ouvrages renommés,
Qu'il paye à ſes freres charmés
La dette de ſon exiſtence.

Les Dieux, dans leur juſte pitié,
En nous condamnant à la vie,
Formerent exprès le génie,
Pour nous épargner la moitié
Des maux dont la terre eſt remplie.
Chaque talent eſt dévoué
A cette loi ſainte & chérie.

L'emploi de l'eſprit enjoué
Eſt de divertir la Patrie :
C'eſt la ſervir que l'amuſer.
Le chef-d'œuvre des politiques
Eſt l'art de ſçavoir abuſer
Nos paſſions mélancoliques :
Le vrai malheur, c'eſt le chagrin ;
Et Moliere, le plus habile,
Eſt à la fois le plus utile
Des bienfaiteurs du genre-humain.
Ah, ſans doute, ainſi que Socrate,
Il eut un dieu pour conſeiller,
Qui, ſous ſon nom, daignoit veiller

Au bien de sa Patrie ingrate !...

Mais il n'est plus, & les soucis
Ont en foule inondé la France ;
Et ces beaux lieux sont obscurcis
Par la tristesse & l'indolence.

Le François a changé de mœurs :
On l'a fait rougir d'être aimable.
Des pédans le troupeau coupable,
Dans ses tyranniques humeurs,
A, d'une main impitoyable,
Tranché le sommet de nos fleurs.
Sous une glace impénétrable
L'ennui sommeille dans les cœurs.
A notre folie agréable,
A nos plaisirs, à nos erreurs,
A succédé l'art admirable
D'analyser avec froideur,
Dé disserter avec lenteur,
Et d'être, sans nulle pudeur,
Ennuyeusement raisonnable.

Tout, jusqu'à nos amusemens,
Porte la pédantesque empreinte
Du dégoût & de la contrainte
Où languissent nos sentimens.

À table, à nos feſtins tranquilles,
On ne rit plus indécemment,
Et les verres inceſſamment
Seront bannis comme inutiles :
On a proſcrit les vaudevilles,
Et les refreins, & les chorus,
Et ſur-tout on n'y trinque plus.
Les graces y font les habiles,
Et, dans leur ennui dévorant,
Philoſophent, en digérant,
Sur des vérités puériles.

Au mépris des loix & du goût,
Thalie, en ſa rage anglicane,
Comme une vile courtiſane,
Hormis les Dieux, a joué tout.
A des têtes philoſophiques,
Sans doute, il faut de pareils jeux ;
Et le ſel d'un libelle affreux
Vaut mieux que des fadeurs attiques.

Fidele à nos goûts effrénés,
De la bile qui nous conſume
Melpomene accroît l'amertume
Par ſes drames déſordonnés :
Dans ſes parades ſanguinaires,

Elle n'offre. plus à nos yeux
Que des amours inceftueux,
Des crimes platement affreux,
Et des héros patibulaires :
Nous l'avons vue, ivre de fang,
Vouloir, dans fa fievre infenfée,
Sur un échaffaud exhauffée,
Haranguer de là le paffant,
Et tout le peuple applaudiffant
A cette héroïque penfée.
Bientôt Médée, en fes fureurs,
Viendra fur la fcene troublée,
Aux brouhaha de l'affemblée,
Egorger fes enfans en pleurs.

   Sages guidés par la prudence,
O fublimes réformateurs,
Achevez votre ouvrage immenfe :
De Londres adoptez les mœurs,
Et donnez enfin à la France
Des combats de Gladiateurs !

   Ou plutôt connoiffez votre âge,
Et fervez mieux nos paffions.
N'offrez plus au François volage
Vos attriftantes fictions.

Dans

Dans ces jours de crainte & d'alarmes,
Pour le tromper fur fon deftin,
Qu'attendez-vous de pareils charmes?
Le plaifir de verfer des larmes
Eft trop reffemblant au chagrin.
S'il fe peut encore, il faut rire ;
Des vapeurs d'un joyeux délire
Il faut enivrer nos cerveaux,
Et nous endormir fur nos maux.

Mais qui fçaura de nos caprices
Gourmander les honteux excès,
Aiguillonner nos cœurs diftraits,
Et nous réveiller fur nos vices ?

Gresset, de ta mourante voix
Ranime la force premiere ;
Quitte les ombres de tes bois ;
Sors de ta tombe, & fois Moliere.

Mais qu'ai je dit ? J'entends gémir
Ta religion alarmée :
Tu rejettes jufqu'au defir
D'une profane renommée.

Va, ne crains point que dans ces vers
J'aille, apôtre du paradoxe,
Etayer d'argumens pervers

B

Quelque syftême hétérodoxe,
Et te déduire impudemment,
Dans ma folle philofophie,
La fcandaleufe apologie
D'un fcandaleux amufement.

Mais remplis au moins ta promeffe;
Et, fi ta févere fageffe
A détruit tes tableaux divins,
Pour confoler notre trifteffe,
Ayons-en du moins les deffeins.
Dans ton attelier folitaire
Reprends tes pinceaux fufpendus,
Et termine, fans te diftraire,
Ces *portraits* en vain attendus,
Où, quittant les grandes peintures,
Par de chaftes miniatures,
Tu veux amufer les vertus.

Ainfi d'un fuccès légitime
Tu goûteras les doux tranfports;
Ta mufe, s'égayant fans crime,
Nous corrigera fans remords.

Hélas, de cenfeurs intrépides
Quel fiecle eut jamais plus befoin;
Et quand vit-on plus de faux guides

(11)

Ufurper ce fublime foin !
O fiecle crédule & cynique,
Fais moins de bruit de ton haut fens :
Ton titre de philofophique
N'eft qu'un fobriquet ironique
Qui te diftingue à tes dépens.
De ta fuperbe maladie
Connois le véritable nom :
Pour quelques lueurs de raifon,
Eft-on guéri de la folie ?

   GRESSET, peinds-lui tous fes travers :
Sous le mafque qui la déguife,
Découvre aux yeux de l'univers
Les oreilles de la fottife.
Préfente à l'homme fes devoirs :
Que les vices cachés paroiffent,
Et dans tes fideles miroirs
De tous côtés fe reconnoiffent.

   Peinds l'enthoufiafme apprêté
De tous ces petits fanatiques
Qui vont dans les places publiques,
Sur leurs tréteaux philofophiques,
Donner leçon d'impiété ;
Fous malfaifans, vils empiriques,

Qui compilent *incognito*
Leurs gros volumes léthargiques ;
Leurs almanachs *in-folio* ,
Et leurs diatribes cyniques ;
Et contre la société
Vont bâtissant de faux systêmes ,
Et contre la Divinité
Vont glapissant de froids blasphêmes ;
Et qui, l'un sur l'autre monté ,
Tâchent de se guinder eux-mêmes
Par-delà l'immortalité.

   Peinds-nous ce Mécene stupide
Qui, dans un souper clandestin ,
De quelques fleurs de son jardin
Va couronner la tête vuide
D'un petit Auteur libertin ,
Dont l'orgueil honteux & timide
Bout de plaisir & fait le nain.

   Peinds Crésus, à l'ame massive,
Qui, perdant par degrés ses sens,
De la volupté fugitive
Cherche à tâtons les pas errans ;
Qui, toujours dur, impitoyable,
Devient enfin doux & traitable

Pour échapper à son ennui ;
Dans sa richesse, misérable,
Voudroit qu'on eût pitié de lui ;
Tâche, au fond de son ame usée,
De trouver encore un desir,
Et meurt d'une froide nausée
En payant l'apprêt d'un plaisir.

Peinds-nous les comiques disgraces
De ces rimailleurs boursoufflés,
Qui, par Melpomene sifflés,
Viennent sur de longues échasses
Boiter tristement sur ses traces,
Et, se fatiguant en faux pas,
Font rire de pitié les graces
Qui contemplent leur embarras.

Peinds ces folles impétueuses,
Ces petits-maîtres en jupons,
Qu'on voit, de leur sexe honteuses,
Du nôtre arborer tous les tons,
Afficher des airs soldatesques,
Siffler, lorgner, brusquer leur voix,
Et rendre hagard leur minois,
Et s'affubler d'habits grotesques ;
Croyant qu'en imitant nos fous

Elles pourront devenir hommes ;
Efprits forts prefqu'autant que nous ,
Et n'ayant peur que des fantômes.

Peind , nos Frondeurs réglant l'Etat ,
Et criant contre tout Miniftre ,
Occupés dans leur vieux Sénat
A quelque gageure finiftre ,
Bien moins méchans que babillards ,
Et , par amour pour la patrie ,
Déraifonnant toute leur vie
Sur la paix , la guerre & les arts ;
Affurant que la politique
En France va de mal en pis ,
Et plaignant fort ce beau pays
Qui n'a plus d'Opera comique.

Du peuple qu'on nomme les Grands
Peinds-nous la pétiteffe extrême.
Réunis nos Robins , & nos Sçavans,
Nos Marquis , & nos Abbés même.
Puifque nos vices font nouveaux ,
Tu prendras des teintes nouvelles ;
Et nos travers originaux
Seront tes uniques modeles.

Pour moi, de ton art enchanteur

(15)

Si je possédois la finesse,
Et le secret de ta couleur,
Je signalerois ma jeunesse
Par un tableau cher à mon cœur.
Sous une robe vénérable,
Connu au séjour des neuf Sœurs,
Je peindrois un Sage agréable
Sifflant les airs les plus flatteurs
Au perroquet le plus aimable.
Plus loin, dans le monde porté,
Hors de sa paisible cellule,
On le verroit, avec bonté
Détrompant un vieillard crédule,
Verser sur la méchanceté
L'infamie & le ridicule :
L'envie, à l'aspect du succès,
Armeroit sa langue traîtresse :
Lui même auroit l'air & les traits
De l'honnête homme de sa piece.
FREDERIC, quittant les combats
Et les vastes soins de l'empire,
Pour lui, chanteroit sur sa lyre,
En l'appelant dans ses Etats;
Mais notre Sage n'iroit pas,

Et, fuyant fa gloire importune,
Il courroit à fon Tivoli,
Dans fes vertus enfeveli,
Se dérober à la fortune.
Là, s'efforçant d'être inconnu,
Auprès d'une époufe chérie,
Par les plaifirs de la vertu
Il réaliferoit la vie.
Tandis qu'on le déchire ailleurs,
On le verroit, dans fon ménage,
Par la paix uniffant les cœurs,
Et foulageant dans leurs malheurs
Ses concitoyens de village.
Je le peindrois content, heureux,
Toujours accompagné des jeux,
Et couronné par la fageffe.
Mais, dans un coin de mon tableau,
On apperçevroit la pareffe
Affife auprès de fon bureau.

BIBLIOTHEQUE ROYALE

I N.

www.ingramcontent.com/pod-product-compliance
Lightning Source LLC
LaVergne TN
LVHW051150060726
842526LV00006B/2311